푸른사상 시선 160

그대라면, 무슨 부탁부터 하겠는가

푸른사상 시선 160

그대라면, 무슨 부탁부터 하겠는가

인쇄 · 2022년 6월 22일 | 발행 · 2022년 6월 30일

지은이 · 박경조
펴낸이 · 한봉숙
펴낸곳 · 푸른사상사

주간 · 맹문재 | 편집 · 지순이, 김수란, 노현정 | 마케팅 · 한정규
등록 · 1999년 7월 8일 제2-2876호
주소 · 경기도 파주시 회동길 337-16(서패동 470-6) 푸른사상사
대표전화 · 031) 955-9111(2) | 팩시밀리 · 031) 955-9114
이메일 · prun21c@hanmail.net
홈페이지 · http://www.prun21c.com

ⓒ 박경조, 2022

ISBN 979-11-308-1927-3   03810
값 10,000원

푸른사상
시선

160

그대라면,
무슨 부탁부터 하겠는가

박경조 시집

푸른사상
PRUNSASANG

사는 일 어느 하나 다그친다고 되는 것 없다

스무 살 나에게 엄마가 그러셨듯
어르고 달래보는 오체투지 나의 시

어쩌랴, 미완도 나에게는 지극하고 지극한 일

위드 코로나 와중에도
여긴 온갖 꽃 피고, 손자도 태어났다고
세 번째 시집 원고를 묶으며
어떤 이름 지어서 엄마에게 전할까,

스무 살 나의 시를, 다그치고 있다

2022년 6월
박경조

| 차례 |

■ 시인의 말

제1부

제2부

제3부

제4부

제1부

새벽 비 내리는 구간

모란 촉에 스며드는

수국 꽃방을 넓히는

텅 빈 놀이터에서 저 혼자 미끄럼틀 타는

발정 난 길고양이 울음 마음 쓰이는

인력시장 박 씨 발목 잡는

새벽에 홀로 깨어 '나를 단련시키는'

겨울의 끈

하염없는 바람의 추임새에
가창 골짜기 산벚꽃 번지고 있습니다
잔설 속 당신 맨발 보지 못하고
멀리서 바라보다
저리 환하다, 며 스쳐 지납니다

저 산벚 속 깊이, 겨울 햇살 남아 있는 줄 미처 몰랐습니다

잔설 밖에서 산벚나무

저 혼자,

길을 내며 피고 있는 줄만 알았습니다

편견을 주문했다

첫 서리 내린 앞산 순환도로 반사경 속
철없이 만개한 개나리에게
지금 봄 절대 아니라고, 질서 좀 지키지

참견했다

그뿐인가
변심한 사람에게 또 세상에겐 어떠했는가
되고, 안 되고를
철저하게 주문하느라

한 번도 나에게 순진무구한 때가 없었다

세상일에는 되고, 안 되고란 절대 없지
곡선의 안과 직선의 바깥
그 경계에 따라 다른, 다름 앞에
고개 끄덕일 수 있어야 한다는 것을

이순(耳順)에 닿고서야 쓸쓸히 이해했다

수상한 연분홍

청량산 오르막길이 허락한 색깔일까
발길과 눈길 확 당기는 저 연분홍
눈부시게 투명하다고 아니 수상하다고
저 색(色)이라면 한번 수작 걸어보고 싶다고
한 마디씩 말 탑을 쌓으며 오르다 보니
청량사 법당이다
속된 마음 꿇어 108배도 잠깐

이상하지,
한 생을 걸고 애써 피웠을 저 색을 두고
누굴 닮아 맹물 같다고
아니, 저리 야릇한 민낯도 있냐고
이 사람 저 사람 참견에 나도 한몫 거들었는데

첩첩 내리막길 뛰던 봄바람
그 꽃 하르르 스치며
누군가의 본성에 대하여 경솔하지 말라 하네

예까지 끌고 온

불온한 세상의 말(≡) 위로하듯
작년 이 자리 다시 온 걸까

저, 분홍

상식 없는 날도 있다

붉은 마음 품고 견딘다는 그대, 거기 있다길래
사람들 틈에 끼여 승선을 서두르지만
하얀 새벽길에 내가 나를 놓치고 온 깜빡 앞에
안개와 는개가 잘 구별되지 않고*

속속들이 내 신분을 증명하지 못한 나는
오늘은 절대 그대를 만날 수 없다고
선착장 새파란 검표원
참, 상식 없다며 단호하다

통째로 붉어진 맨살 툭, 서늘한 날
여기서 돌아가라는 길이 끝인가 해도
오늘처럼, 목적지 앞에서 나를 되돌려 세우던 길
어디 한두 번이었을까

오늘 하루쯤 상식도 모른 채

객성(客星)이 되어보면

내가 찾는 지심도(只心島)

붉고 붉은 그대 마음에 들 수 있을까,

* 천양희 시 「잘 구별되지 않는 일들」에서.

춤, 수피

사막의 모서리 발끝으로 궁굴리면서
바람이 빙글빙글
하늘도, 하늘의 구름도
또 내가 둥글둥글 돌고 도네

붉은 치맛자락 접시꽃처럼 활짝, 활짝 피운
빙글빙글 내가 추는 춤 따라
태양의 경계를 넘나들며
신(神)과 하나 되려는 전설 같은 저 몸짓

수피댄스*도 멈춘 낮 열두 시

둥글둥글 마법 풀듯 사막 건너와
돌고 돌다 멈춰 선 이곳에서는
나도
태초의 당신과 하나였을까

* 터키, 이집트의 종교의식인 전통 춤.

찬란한 배경

분만실에서 받아 안은 아기의 첫, 울음 붉다

환희에 찬 봄

모란 작약 금낭화 장미
순,
차디찬 겨울 끝의 이 붉음은
푸르기 이전의 색, 태초의 몸짓이다

세상에 발 닿기 위해서
첫 울음 트지 못하면
한 계절조차 갖지 못하듯
어둠을 찢고 몸을 푼

저, 붉은 음색(音色)

모든 생명의 찬란한 배경이다

탑

서부 정류장 삼각지
첫차 타고 왔는지 턱하니 선수 치고
파밭을 옮겨 온 여자에게
초겨울 바람은 칼날 같은 손 내밀었다가
이따금 햇살 한 줌 얹어줍니다

저, 손톱 빠진 엄지로 허옇게 벗겨낸 종아리와
새파랗게 남겨진 윗몸을 차곡차곡 쌓으며
지상의 하루치 무늬를 저렇듯 다듬어내는 일이란
세상의 불협화음과 내 허물까지
다, 다스려줄 것만 같습니다

보폭을 좁히는 사람들 손으로
한 장 한 장 옮겨가는 파 봉지들
어쩌면, 생의 숱한 횡단보도 건너온
인근 공단 다국적 근로자들의 한 끼니, 일
뜨거운 라면 발에 모셔질
저 파 탑 앞에서

문득 공손해진 내 손을 봅니다

퇴근시간 맞추어
거리의 사원(寺院)으로 떼구름 몰려드는 것 보니
첫눈, 오시려나 봅니다

폭설

떼 지어 몰려오는 눈발 앞에서는
중심을 잡는 일 쉽지 않아
메타세쿼이어 일렬로 선 이정표 아래서
급회전하는 쏘나타, 순식간이다
금세 민낯 드러낼 것 모르고
세상의 길 단절해버린
때아닌 폭설
중부내륙고속도로가 부러지고
정이품 소나무 생목이 꺾이는
저 무게를 온몸에 덮어쓴 채
첫 발령지 찾아 떠나는 자식에게
애야, 자객 같은 봄눈
이 상황이 살아가는 이치다, 까지만
말해줘야 하나?
막막하겠다는 말, 그 한마디
끝내 내 속에서 내가 녹여 떠나보낸
그해 3월,

뱁차씨

정리를 하다 만 아버지 서랍에서
바람이 분다
묵은 바람이 내미는 봉투 하나
발신인 자리에 삐뚤삐뚤 써둔 뱁차씨,
뱁차씨는 누구?

물어볼 아버지 이제 없다

뱁차씨를 배추 씨앗으로 해석하는 동안

갸웃거리며 나의 봄은 수런거리고
아직도 불완전한 생을 조율하느라 덜 여문 자식 곁,
아버지 지문 밴 씨앗
배추밭 이랑 짚고 초록초록 움직이는 추임새

이렇게도 짙다

엄마의 서쪽

언 땅 녹이며
세상을 받치러 온 저 손은
바람 든, 무밭 두둑 올려
봄배추 봄무 씨앗 뿌리자고 내미는
엄마의 손이다

어느새 사나운 꽃샘바람 돌려세웠는지
꽃대궁 올라오기 전
서둘러 적멸에 든 저 떡잎
뒤돌아보지 않고 사그라진
이토록 우련한 희생이 또 있을까
여태, 엄마의 손을 빌려 지은
무, 배추밭 동쪽으로
뜨거운 본잎이 한정 없이 넘쳐흐르는데

엄마의 푸르른 서쪽은

참 바쁘게 지나갔다

숲의 겨울

사륵사륵 눈 내리는 고향 산길을 걷습니다

숨이 차오를 때쯤 보이는 오리나무 숲

쌓이는 눈, 무게만큼

스스로 가지를 수그려

세상 온갖 빛깔 촘촘히 받아낸

겨울나무 아래서

긁어 생채기 낸, 경솔한 무게

안아봅니다

화관

전생을 온전히 지워내야만
비로소 꽃이 된다는 상사화

봄에서 겨울로,

머리끝에서 발끝으로 눈물로 꽉 찬 당신의 촉과
빗물로 꽉 찬 나의 촉, 다 지워내지 못하고도 한통속이라
기운차게,
저 습한 전생을 뚫고 내 필생 속에 핀
참 명랑한 화관입니다

미완은 때로
이렇게도 지극합니다

제2부

궁금한 목록

새끼 밴 길고양이, 어디 가서 이 장맛비 피하고 있을까

불볕은 젖은 풀밭을 갈아엎으며 거짓말처럼 다시 쏟아
지고
글쎄, 맨드라미 씨방에 제 코 먼저 박으려는 잠자리 떼
꽃밭의 제왕이라도 되려는가
불편한 저 체위로
어느 먼 행성에서 우리 집 마당까지
왜? 온 걸까

세상의 옆모습은
대낮에도 퍼붓는 소나기였다가
조간신문 밑줄 속속, 얼룩들인데
결말 없이 묻혀가는 비밀들
누가 결심한 듯 고백해줄까?

지금쯤, 만삭의 그 얼룩 고양이 어느 거처에서
붉은 탯줄은 풀었을까?

그대라면, 무슨 부탁부터 하겠는가

절간 입구에서 산 한 됫박 쌀
쌀알보다 많은 부탁 나한 앞에 쏟아놓고
휙 나오는데

무명 치마 울 어머니 영산전 앞에서 마주쳤네

잔병치레 잦은 막내 딸년 생명줄 이으려던
막막한 심중의 초하룻날 신새벽
갓 찧은 공양미 이고
수십 리 밖 순례길 나서던 하얀 코고무신
한 걸음 한 걸음 쌓아 올린 그 탑 안에
나를 세워주신 당신 기도, 까맣게 잊을 뻔했네

부끄러워 돌아보는 거조암 한 바퀴
'곡선은 이치이고 깨달음'이라던
어머니 비질 자국 마당 가득 곡선인데

그대라면,

오백 나한 앞에 조아리며

무슨 부탁부터 하겠는가?

요즘 봄은 봄이 아니다

완벽한 봄 어디에도 없다고
간밤에 내리친 황사비에
나뭇가지 끝 바알간 꽃눈이
얼마나 위태로운지 알아차린 것도

세상을 향해 고개 내밀다
툭, 모가지 부러지는 일
봄꽃들의 일만 아니라고
비바람에 젖지 않고 지나가는 생애가
또 어디 있냐고 비유한 것도
빛나는 3월 햇살 속에서
캄캄하다고 말했던 것도

빌딩 숲 어디에도 작은 의자 하나 둘 곳 없는
저 청춘들의 처절한 고독 때문이다

그 무게를 든 별 하나 또 사라졌다고
멀쩡하게 차려입은 앵커가 펼치는 아침 뉴스

요즘 봄은 봄이 아니다,
애절한 변명에 대한, 대답
또 멀어진다

목숨

느닷없이 화분에 착지한 풀 한 포기
뽑아내기엔 너무나 작고 여려
여러 날 망설이게 합니다
제멋에 고고한 화초들의 멸시와 존재의 열등에
한 포기 풀은 저토록 안간힘 다 했을까요
글쎄, 어제는 쌀알만 한 하얀 꽃을
무더기로 피워냈습니다

누가 가꿔주지 않아도 저 홀로 뿌리 다져
꽃이 되려는 저 숨
필생의 화분 밖, 높고 쓸쓸한 상생이란 사다리 앞에서
날마다 처절한 극복을 마주했을
스물넷 청춘이 툭 부러지는 소리
오늘 또 듣습니다

봄이 오는 길목에서
잡초를 꽃으로 호명하는 순간이
비정규가 정규로 호명될 순간이라면

세상 어디에도

급이 다른 목숨은 없습니다

하얀 노루귀

어쩌자고
설렘으로 첫발 들인
빛나야 할 어린 생을 마구 유린했는지
오늘 또, 한 별이 사라졌다고?

텅 빈 생일 밥상이 저물도록 춥다

투명 마스크로 하늘 가린
저 인면수심 속 봄 찾아
산다는 것,
이렇게 미안해하며 오는 귀 밝은 당신

어쩌다 부모이기를 포기한 차디찬 저,
부디 어미 아비다워질 수만 있다면
그래, 처음부터 다시
언 땅 토닥토닥 꽃대 올려 반성하게 하려는가

저 순백의 결단

말씀

메르스*, 마스크
아프고 두렵고 안개 속 같은
그러나 견뎌야 하는,
그러는 사이 살구꽃 진 담장에
장미 넝쿨 생생하고 무화과 열매 맺고

분꽃 채송화 씨방 속
다시 불안 들이칠 차례인가
확실한 건, 살아온 세상만큼 살아갈 생애에도

엄마는 늘 "곧 개안아**질 끼다"

괜찮은 그 무엇 하나 없는 공포 속 방향도 추슬러
다시 걷게 하는 힘이다

* 2015년에 유행한 신종 인플루엔자 바이러스.
** '괜찮아'의 경북 지방 방언.

그러나, 봄

입덧 달래줄 냉잇국 들고 초록이* 살피러 가는 길
꽉 낀 마스크 너머 아파트 담장 개나리도 만납니다
그래, 라고 추임새를 넣지 못했습니다
겨우내 살얼음판 건너와
'특별 재난지역' 금(禁)줄 두른 대구에도
봄은 서둘러 생명의 등을 켜기 시작합니다만

자연을 저버린 인류에게 주는 경고일까요?
들불처럼 번져오는 코로나19
확진, 확진 또 확진
두류 정수장에서 긴급 출동하는 구급차들
속수무책 정수장의 봄볕도
굳게 닫힌 상점들과 적막한 도로를
막 피기 시작한 목련 아래 주저앉은 탄식을
숨죽여 내려다봅니다

그러나, 봄
사회적 거리 두기가 생명에 대한 예의라면

냉정하게 비켜섰던 당신과 나도
다시, 일상의 마당에 씨앗 뿌리고
푸른 묘목 제자리에 다져 심어야 할, 때
봄입니다

곧 태어날 초록이의 첫, 봄입니다

* 만삭의 딸이 가진, 아기의 태명.

강정보

음 이탈 조율하듯
물 풍금 치는 낙동강

순환의 고요 속 흐르다가 솟구치다가
때로, 굽이쳐 온
역사의 파랑 속에서도
온갖 생명의 노래로 넘실대던

유장한 어미의 젖줄 단도직입으로 거두었으니

굽이쳐 닿은 뭇 생명, 그대에게 흘러가지 못한
시퍼런 녹조 떼 지어 오는 강가에서
자꾸 목이 아파왔다

꼬치비재*

그 자작나무 숲은

겨우내 꽁꽁 동여맸던 발목의 붕대부터 풀어내는 중입
니다

멀리서 스쳐 본 그의 살결은 희고 신비롭지만 다가서
가만히

귀 대어보면 남풍 같은 희망과 겨자씨만 한 생계마저
마법에 걸린

시린 시절, 웅얼웅얼댑니다

저 눈밭 너머 다시 빽빽하게 차올라야 할

당신의 숲에도 마을에도 온전하게 넘어온 봄, 본 적 없
지만

빈 가지 하늘가로 빗어 올리는 흰 숲에서

자작자작 마법을 풀어내는 당신, 푸른 발을 봅니다

* 경북 울진과 분천을 잇는 재.

그래,

어떻게 지내?
올해의 여름이 또 묻네

숱한 가면을 쓴 세상의 무도회 보는 것 너무 쓰라려
하늘 쳐다보는 날 많다고 했네

너무 늦기 전에 고개 숙여 보아야 해

　지상 곳곳, 애증과 승패에 눈먼 가여운 습성들 오늘도
주연인 듯
　연기해도 땡볕 아래 흙 묻은 손으로 묵묵히 빚어놓은
들판의 곡식과
　풀꽃들 영글고 피어나는 걸 보면, 정작 거친 세상사를
궁굴리고 다듬는
　아름다운 주인공은 다 발 곁에 있다는 것을 깨닫게 돼

　그래,

그래, 란

어둠 속 별빛으로 다가와
세상을 움직이게 하는 말씀이지

묘목

청도 5일장에서 묘목을 샀다

매화는, 꽃눈 내민 채
세상의 중심을 꽉 물고 있다

설익은 저 공약들처럼 곁가지 무성한
터널 속 시절은 오리무중인데,

돌아올 다음 장날엔

담장을 허물고, 다 환할까?

바람의 벼랑

바람에 온몸을 기대고도
휘청, 휘청거리는
나무들 봅니다

냉정한 거리에서도 다시 꽃 피워내야 할 뿌리의 둘레에
서
새움 받아내라며, 살아가야 할 생명들 맞아들이라며 빗
소리로
채찍 든 2월 바람은, 세상사의 이치 애써 외면하는 거리의
자식들을 후려치며 눈 크게 뜨라 합니다.

바람의 벼랑에서 나를 눈뜨게 한
저 푸릇함이
바로 당신의 부드러운 한 축이었다는 것
깨닫는 중입니다

봄비의 거처

횡단보도 출발선에서 뛰기 시작한 소리

제 새끼 물고 거처를 옮기는
어미 고양이 다급한 발자국 소리

낡은 우산을 펼치는 소리

입 다문 시절 속속 들추는 소리

구름과 바람의 이면에서 생겨난
저 소리들 곰곰 듣다 보면
하루에도 몇 번씩 펄럭대는
정면의 분노들도
가만히 묵음으로 불러 앉히는

자리,

제3부

곁,

하릇 하릇 떠 있는

파르스름한 무꽃에

배추흰나비 날아와 앉네

조금도 근사할 것 없는 내 생에

이렇게 사뿐히 닿은 거리,

선물

— 민채에게

제가 멀리 살아서 자주 못 만나지만
사랑해요 할머니^^ 너무 보고 싶어요
보내주신 목도리 할머니 손처럼 참 따뜻해요
이빨 튼튼하시라고 치약 선물 보냅니다.
2019년 12월 24일
─사랑을 듬뿍 담아 김민채 드림

천리 밖에 심은 여덟 살 두벌 자식
콩싹 같은 손가락으로 속살거렸을 포장지 속 '콩알치약'
와락 웃음 안겨준 어린이치약 상표
보고 싶다 했던 말 씻어주려고
콩, 콩콩 헤엄쳐 와 닿은 또록또록한 네 손

몇 해 전, 출산 앞둔 어미 품 떠나온 네 살배기
빨래 개는 내 앞에서 제 속옷 따라 개던
콩알만 한 그 손 하도 예뻐서 우리 민채, 빤스 잘 개네
했더니
저도 여자라고 그 손 입에 포개 수줍게 웃으며
─함머니, 빤스가 아니고 팬티, 팬티, 가르쳐주던

비 내리는 놀이터 미끄럼틀 앞에서
— 오늘은 비가 혼자 미끄럼틀 타요, 가르쳐주던
저도 아직 아기인데 예까지 와서
칭얼대다 잠든 꿈속에서 갓 태어난 동생 만나는지
생긋 웃던 이 목 구 비,

민채야! 네가 주고 간 한 구절 선물
'저 혼자 미끄럼틀 타는 빗소리' 들으며
시 한 편 만져보는 새벽이다

곡선의 경계

가창골 들길 따라
이른 풀꽃들 먼저 도착했습니다
냉이 꽃다지 민들레 제비꽃……
수계당 뒤뜰에도 소곤거리기 시작한
개불알풀과 봄까치꽃

이 자그마한 발끝으로 부축하고 피워낸
풀과 꽃, 서로 한 몸이라니
영영 모르고 살 뻔했습니다

무명의 야생이
소리 없이 피워내는 이름들
눈보라 견뎌낸, 저 곡선의 경계 따라
풀에서 꽃으로 이어 피는
고요한 파동(波動)을 들여다봅니다

북소리

메꽃 뿌리마저 타들어가는 윤사월
서마지기 새들 논에서 골똘한 아버지
시커멓게 타버린 가슴에도
소나기 북을 친다

콸 콸콸 휘모리장단으로 물꼬 트면
자식들 책갈피 같은 모판, 새파랗게 깨어나듯
논두렁 어린 메꽃 분홍 신발 찾아 신듯

살다 보면 오늘처럼
물길 안고 누울 날 있어 좋다며
어린 모 먹이느라 빈 젖이 될 때까지
잦은 젖몸살 다스려낸 어머니
둥 둥 추임새로 탯줄 잇듯
봇물 채우는 저 소리

백학 저수지

목표를 멀리 두고 날아가지 못해
못 둑에 쪼그리고 앉으면
퐁당퐁당 내 중심을 관통하던 백학저수지
반짝이는 수면을 헤엄치던
소금쟁이 파문 따라
깻묵 주머니 담그고 징금* 뜨는 법 배울 때
저 혼자 엎드려 머리 감던
붉은 산나리 더욱 붉고

둑 너머 키 큰 버드나무
제 그림자 지우며 스르르 어둠살이 따라들면
저녁 먹어라,
출렁출렁 건너오던 엄마 목소리가 키워준
내 본적, 7월은

사는 법 서툴러 마음 깨질 때
숨 고르며 들여다보는
나, 라는 엄발난 나뭇가지 엄마 옆구리에 휘묻이하고

벗어난 집 사무칠 때 들여다보는

푸르른 양수(羊水),

* 경북 북부 지방에서는 '민물새우'를 '징금'이라고도 한다.

아부지

한 말도 아니고 한 주전자도 아닌

한 잔이란 이 말은 소주의 이름이다

자식들이 안겨주던 풀잎 같은 희망도

마음 깊이 휘어지던 노동도

세상이 던져준 쓰고 독한 패배까지

이 작은 잔으로 다 받아낸

천수답 바닥 같은 뜨거운 속울음,

아부지라는 당신의 이름이다

꽃의 무게

마흔 해도 더 묵은 담장 곁 목련나무
꽃샘바람도 저 혼자 받아내나 싶더니
금세 허공이다
개화와 낙화,
찰나의 무게를 마당 가득 내려놓았다
겨우 봄 한철 앓다 사라진
여든여섯 어머니 지극한 생애인 듯 횅하다

횅하다는 건 목련의 낙화만은 아니다
대를 이어 꽃 피워내느라 낡고 허술해진
여자의 일생 그 완결을 본 때문일 것,

비바람에 쏠려 피안에 든
저 고목의 봄날을 비질하며
빈 자루 가득 채워 드는 생각
피워내고 지워지면 또다시 꽃눈 틔워
생명을 기르는 모든 본래는
어머니라는 꽃
그 지극한 무게에서 비롯된다는 것을

비탈진 복숭 밭

비탈 밭 엎으며 큰오빠는 그랬다
―아부지, 우리도 소출 좋은 복숭농사 짓자, 고
그 묘목 함께 자랐지만 그땐 몰랐다
지상에서 가장 애틋한 피톨기로 키운 꽃이, 열매가
식솔들의 거룩한 밥이었다는 것을

첫아이 가질 무렵
그 나무들도 아부지도 비스듬히 누워버렸다

뼛속 깊이 든 그 맛 피붙이처럼 따라와
풋복숭 찾아 밥 먹듯, 입덧 달랬던 나처럼
첫아이 가져 입덧하는 딸자식 달래본다

잠깐 소낙비 다녀가고 삼복더위 맹렬한 날
아부지 땀방울같이 지극한 그 열매 받아 만질 때
문득 옛 밭둑에 선 듯
출렁, 마음이 내려앉았다

땀과 눈물의 짠맛을 밑거름으로 빚었을 텐데

정작 그 속은 수줍고도 부드러워
그날 밤, 별빛 총총한 복숭 밭으로
물주전자 새참 들고 심부름 가는

어린 나를 보았다

중년

봄볕은 모든 걸 풀어 젖혀요
규율과 노동 체면까지도

열렸다가 철컥 잠겨버리는
현관 자동문 밖
저 봄볕 속, 딱 십 분만 서 있어봤으면

그러면 춤을 추듯 자유를 누릴 테죠?

길 건너 공업대학교 유리벽에 매달려
온몸으로 제 영역 재고 있는 담쟁이에 질세라
만개한 라일락

저렇듯 누리는 향기도 한때라고
저 아슬아슬한 미로 속으로도
마구마구 꽃그늘을 넓히고 싶던

그런, 그런 한 구간이었죠

나무들의 안쪽

충충나무 서어나무 갈참나무 산죽
자신의 계보를 아슬아슬 목에 걸고
충충 바위 속에 서 있는 나무들

중심을 후려치는 태풍의 눈
불쑥 방향을 바꾸어 경배하고 돌아서는
은유를 지켜보면서
저이들도 나도 땅을 물고 휘어져
이렇듯 뿌리 다지는 일이란
그냥 살아낸 길, 아니라는 것인데

저마다 견뎌야 할 이유 더는 궁금해하지 않기로 한다

생각해보면, 나를 아프게 한 건
내 생각에 내 말에 흔들린
한 그루 나였던 것,

가을의 결

해묵은 신발을 신고 있는 은행나무 가로수 건너
유료 주차장 푯말 아래 몰려든 볕 쬐며 앉으니
스쳐간 계절이 그려준 결이 보인다

푸른 내 생에 느닷없이 깃든 낯선 당신
덥다, 덥다 설익은 내가 열어둔 창밖에서
밤새 또 한 걸음 주저하는 나를 달래듯
한 생 완성의 색깔 이렇듯 깊이 스며,

낮고 찬 바닥에도 수굿이 착지한 노래진 맨발

문득, 이라는

문득, 이라는 말

목젖 우련한 그리운 지점

거기,

가난한 온도로 저녁밥 안치던
엄마 앞치마 냄새 생각나는

십 리 밖 봉림역*
새순 돋던 측백나무 방향 따라
새벽 기차를 기다리던
단발머리 그 여학생, 생애 첫 이동 생각나는

* 중앙선에 위치한 경북 군위의 작은 역.

이삭
— 백학동*

1.

  우사(牛舍) 관리다, 추수다, 핑계로 연락 한 번 못 해서 미
안타

  올해도 그런대로 풍년 들었다
  느그 식구 뜨신 밥 한 번 해 먹으라고 내가 농사지은 쌀
  쪼매 보낸다.
           – 고향에서 학수가

달서우체국 택배차가 방금 내려주고 간 쌀자루 속에
쑤−욱 넣어 보낸 엽서 한 장과 함께 온
새들 논에 그루터기 총총 남기고 추수했을 햇볕 같은
이 쌀

1950년대 중반, 대대로 천수답에 젖줄을 댄 아버지의
아버지
그 오랜 슬하의 또래들로 태어나 함께 키웠던 추억들
6년 내리 같은 반, 백학2동 태옥이 영애 숙이 종철이
학수 덕수 필자 경조, 저수지 지나 백학1동 내려가면
상덕이 단주 동순이 또… 그래 병극이

시오 리 학교 길, 지천으로 꽃물 번지던 분홍 산비탈에
서
　진달래 꽃잎 얼마나 따 먹었는지
　잉크 색으로 물든 입술 쳐다보며 깔깔대던, 면경 속 같
은 그 봄날도
　뿔근디 고개 햇보리 누렇게 익어가던 초여름날의 하굣
길도
　양은 도시락 딸그락거리며 그 고개 넘을 때
　보리깜부기 칠하고 보리밭에 숨었다가
　인디언 추장처럼 나타나던 까까머리 개구쟁이들
　동네 여식애들 놀라게 하고도 그렇게 재미있어하던
　한때의 그 웃음이 온통 하늘이었고 무지개였던
　우리들의 빛나던 성장기가 아니었을까,
　그렇게 유년을 함께 보내며 청소년기를 맞이할 즈음
　제각각 대처로 떠날 궁리에 설레었지만
　그 시절, 어느 집이든 여럿 자식 중 한둘은 남아서
　농사꾼의 대를 이어받는 것이 무언의 법칙이어서
　너도 예외 없이 고향에 남아 철들 무렵

소 키우며 벼농사 사과농사 짓는, 윗마을 청년과 혼인
하여
4남매 자식농사 세상에 내어놓을 때까지
하늘과 사람이 함께 짓는 농사일에도 복병이 많았다 했지
가뭄과 홍수 폭염과 이상기온 구제역 파문까지
그때마다 용케도 일어서더니
이제는 근동에서도 내로라하는 대농가로
큰 뿌리내린 너희 부부
'농자천하지대본(農者天下之大本)'일 테니
그런 내 고향으로 남아 있어서 참 고맙다

2.

햇콩 들깨 보퉁이 머리에 인, 엄마 치맛자락 뒤따라가
신기루처럼 다디단 왕 눈깔사탕 얻어먹고 행복했던
기억 속의 옛 장터 찾아갔지만
대목 장날 북적대던 젊은 아부지 엄마들의 잔영만 아련
하고
어린 손자에게 수입 과일을 쥐여주는 촌로의 모습만

어룽거린다

잠시 세상 사는 일들의 양면을 생각했다

농사일에만 집중하기에는 미래가 불투명한 청춘들

막상 논밭 팔아서 도시로 몰려가도

삶의 비탈은, 고향의 노모에게 어린 제 자식을

떠맡겨야 하는 다시 절벽이다

하지만 집집마다 뒤안 감나무 가지마다

발간 홍시 몇 개씩 까치밥으로 남겨두는 여유는

숨구멍 하나 보이지 않는 진창의 세상사에도

다시 새움 돋고 꽃 피울 일 있기를 바라는 간절한 마음

그 또한 순정한 농심(農心)이라 여긴다

해마다 이맘때 즈음이면 추수 끝낸 새들 논에서

발갛게 튼 어린 손으로 나락이삭 줍던

그 이삭의 힘 있어 많은 꿈을 꾸게 했던 유년의 백학동

지금쯤, 첫 서리 하얗게 내린 빈 들녘에서

겨울이 가고 다시 봄이 올 들판을 어루만지고 있을 학
수야!

내년 농사도 대풍년 응원한다.

대구(大邱)에서 경조(敬助)

* 경북 군위군 산성면에 위치한 마을 이름.

제4부

동쪽으로 돌아 나오고 싶네

저기, 저수지 둘레 따라 들국화 막 피고
오랜 벚나무 막 단풍 드는데
어린 봄날 쏘아 올린 화살 찾아
피안사 가는 길

다시 고개 숙여, 동쪽으로 돌아 나오고 싶네

꽃대마다 총총한 그 별들 놓치고도
아직 빛의 범위는 남아 있을 것만 같아
불어오는 바람에게, 나 지금 이전의 세계로
어떻게 좀 안 되겠냐고 애원해볼까 하는데
그 길은 도저히
어떤 손으로도 만질 수 없다고 선수 치네

거기서부터, 가던 길 갈 때라고

과녁을 지운 그 바람 단호한 대답

명백하다

정취암, 오리나무

사바세계 빙벽인 혹한의 세모에
귀밑머리 보송한 김 보살 따라서
정취암에 들었네
천년절벽, 거북바위 발등에도
고요만이 머물고 있는 원통보전 뜰에도
잊은 줄 알았던 내가 모르고 있는 내 죄까지
살며시 부려두고 돌아 나오는 길섶
아, 종종걸음으로
부처보다 먼저 배웅 나선 어린 오리나무
발갛게 튼 눈이 묵은 내 눈을 찌르며
모든 인연의 거리는 지척이니
부처와 나, 당신과 당신
그 거리 탓하지 말라 하네

첩첩산중 어린나무 발간 촉으로 필사해준
경(經) 받아 들고도
아직도 세상 이치에 미혹하고 미혹한 나는
오- 리, 라는 경계에 머물러 있네

화음

번쩍, 두 팔을 들고 칸나처럼 걸어 나오고 싶은 날
옛 경산 포도밭 되돌아서 혁신도시 찾아간다
피에로같이 치장한 나 닮은 사람들
수직의 25층을 향하여
일제히 시위를 당기는 사이

푸른 연미복을 껴입은 플라스틱 화분들
붉은 넥타이 졸라맨 행운목의 목줄을 쥔 채
트럭을 타고 어디론가 다시 대역을 찾아 떠나고
누군가의 꿈은 존중될, 또는 날려버려야 할 과녁도
보란 듯 어긋난 오늘

뚜벅뚜벅 30년 지기 골목으로 돌아서서
휘몰아드는 바람의 노래 따라 부르며
불협도 화음인 양,
엇박자의 방향 뒤로 행여나 줄 서보니
느닷없이 한 박자 놓쳤을 뿐인데
한 구간 생의 화음 또 놓친 걸까,

텅, 텅

초가을 바람 툭툭 밟으며
새마을금고 긴 담장 길
대출금 상환하러 내려간다
담벼락 넘어 손 내민 물든 잎사귀
햇살 속으로 찰랑거리고
먼 하늘까지 끌어안고 핀 나팔꽃
질곡의 일터로 나서던 아스트라젠트 스킨 향
그의 젊던 아침 같다
어부바, 어부바, 추임새로 쑥쑥 자라나던
어린 남매 웃음소리도
전생이었던가
텅,
늙어 있는 골목길

신발의 행로

맨땅, 지그재그 놓인 길
발목까지 쭈글쭈글 주름 짓게 했는지
발 딛는 바닥마다
비바람과 폭염 폭설이었으니
발가락 사이사이
시퍼렇게 낀 이끼 바람결에 헹궈주면
한 사람의 퇴직기(退職記)
백일홍처럼 다시 필까,

백일홍 피고 지고 매일 첫날 시작해도
염치없는 한 세상은 마른 발도 젖게 하던
이제야, 그 발바닥 닦아줄
한 켤레 또 한 켤레 마른 양말 개켜 넣으며
생존의 이치마저 허구가 많았던 길을
물든 신발을 신고 빼곡히 부려놓은
그 사람 35년 지도, 속속 엿보니

하고 싶은 말 참느라 골목골목 참, 쓸쓸했겠다

인생

어제는 젖은 옷도

말려주더니

오늘은 마른 빨랫줄마저

푹 젖게 하는

사는 법, 못다 배운 채 피고 있는
짧은 봄날처럼

시계탑 아래 긴 침묵으로 서서

그 꽃 다 지고

다시 필 때까지 질문하게 하는

당신,

여백

우체국 앞 정류장에 서서
웅성거리는 황혼의 가로수
절정에 머물고 싶었던 미련인가
순환의 때 놓친 미혹인가
여태, 안간힘 다해 빈 젖을 물고 있는
저 깡마른 은행알들의 허공

시시 때때 놓치고도
부질없이 버티던 나인 것 같은데

어쩌랴
젖을 뗀 봄바람은 저 자리 다듬어
연두, 연두,
최초의 발음 눈부시게 받아 앉힐 텐데
나에게도 저처럼
누군가에게 다듬어 내어줄 자리 있긴 한가?

아무도 말해주지 않았다

숲속 깊이 피해 앉아도
산모기 떼 몰려와 박힌 자리
부풀 만큼 부풀어야 가라앉을 테니
실험할 필요 없다

가슴 깊이 가시를 물고
사람 사이로 옮겨오는 저것, 또한
사람 속으로 들어가
아플 만큼 아파야 할
견딜 만큼 견뎌야 할 쓴
맛,

아무도 말해주지 않았다

몸, 길

콘크리트 숲에도 서걱서걱 휘어지는 11월
설핏 숨어든 내 속의 여자가 불안한 날

초음파에 내맡긴 적나라한 몸의 길

나를 덜어낼수록 높아지는 하늘

낮아진 내 안에서 긴장하는 바람

한때 왕성한 광합성으로 치솟던 자유

생성과 사라짐의 순환
억새밭 같은 생의 군무 사이를
가만가만 휘어져본다
한 획으로 나 있는, 나의 태(胎) 자리

이륙

모든 근황에서부터 잠시 분리되는

파도와 구름이 맞닿은 수평선도
두 음계로 나뉘는

어설프게 설계된
생의 진행 속에서 허우적거리다
세상과 어울렸던 메시지 방에서 카톡 방에서
한발 물러서보는 오늘
기체 밖, 저 정처 없는 것들의 평화

너에게서 멀어지니
나에게서도 벗어나는,

지평선에 닿다

세상 보는 길눈, 없는 내가
이정표 없이 나선 길

배내골 지나 가지산 능선 넘고
신불산 억새밭도 쟁여놓고
별똥별 수신호 따라 굽이굽이 팔조령 넘으면
청도역 감나무 등불 아래서
붉게 익은 얼굴로 만나게 될,

빙 둘러 가는 길이란 걸 알면서도
발끝과 하늘 맞닿은
지평선에서,
다시 만나게 될 순리를 그는 이미 알아차린 듯

멀리서 바라보는 길의 처연함을
아름답다 생각해보니
아주 조금씩 내리며 가는 법
묻지 않아도 되겠다

바람의 안착

세렴폭포 죽비소리 잦아든 후에야
치악산은 만삭의 몸 허공에 내걸 텐가

무거운 가방 메고 사바세계 떠돌던
바람기 오진 내게도 몰래 들어와
젖은 등짝 다 말려주고
팔랑팔랑 탑돌이 하네

살다 보면
세상 다디단 덫은 꽃으로도 보였다가
가끔 구름으로 침묵하다가
다시 바람이 오고
몇 차례 비와 눈 다녀가고 나면
자취 없이 펄럭이다 만다는 것,

까치집을 정수리에 얹은 구룡사 은행나무
천수관음 손 내밀어
오체투지 내 바람 다 쓸어가시네

별꽃

언 숲을 깨우는 이 있습니다
화악산 비탈에
발간 볼 부비는, 갓 일어난 별꽃이지요

애기 별이 걷어낸 두꺼운 응달
그곳으로 온몸 움직이게 하는
세상의 균형을 지키는 길을 내는 중입니다

적막에 갇혔다 하얗게 푼
저 애기 꽃들의 작은 끈으로
세상은 다시 따뜻하고
곧 울창한 숲으로 이어가겠지요

착지

초록, 초록 자리가
이렇게 뜨거운 곳인가를
늦은 저 나이에도
연두를 입에 물고 분홍을 건너
가지마다 파랑파랑 앉은, 산복숭 열매가 보여준다

그래, 생명 있는 모든 것들의 절정은 초록일 거야

제각각 다른 크기의 신발을 신고도
보폭이 비슷비슷해진 사람끼리 걷다 보면
생의 보폭까지 닮아가는가

내려가는 길 잃어버리고 서로를 탓하다가도
우리보다 먼저 내려온 풀꽃들
이 자그마한 꽃받침 앞에서
일제히 허리 굽혀 안심하는 걸 보면
봄 길은, 사람 마음을 뒤흔들다가도
한 포기 꽃 앞에서 멈춰 서게 한다

절제된 감정과 호흡이 일으킨 파문

이동순

1

시집 해설을 맡아달라는 전화와 메일을 받자마자 처음부터 끝까지 일독했다. 많은 고뇌와 고민의 산물이라는 걸 금방 알 수 있었다. 결이 고운 언어들, 참신한 기법 등이 눈에 들어왔다. 한 번도 만난 적이 없는 박경조 시인을 시집으로 만난 것인데 욕망으로부터 탈주하면서도 감정의 과잉이 없는 웅숭깊은 진정성으로 다가왔다. 다시 읽으면서는 변함없이 결 고운 언어와 수준이 균질한 시집을 만났다고 생각했다. 한 권의 시집에 담겨 있는 시들의 수준이 한결같은 시집을 만나기란 쉽지 않은 것이고 보면 박경조의 이번 시집은 한 편도 빠짐없이 일정한 수준을 유지하는 미덕을 갖추고 있었다. 특별한 파격이 있는 것은 아니었지만 마음에 잔잔한 물결이 일었다.

시집에는 이기적인 욕망의 해제, 비판적 시선으로 포착한 세계의 위기, 생태와 인간의 공존에 대한 시인의 화두가 내면에서 잘 걸러진 후에 언어의 장식성을 제거한 상태로 다가왔다. 뿐만 아니라 배타성과 위계성을 전복시키는 사유와 성찰, 그들만의 리그로 불리는 세상으로부터 멀리에서 자연적인 것에 대한 연대와 연결과 접속, 인간과 비인간의 위계를 무화시키려는 사유가 곳곳에서 팔딱거리고 있었다. 사회적 문제를 개인의 문제로 치환하여 거기 세상을 향한 목소리에 담았으되, 결코 강한 목소리가 아니라 부드러운 언어로 속살거려 근원에 다가가고 있었다. 존재의 근원에 다가가려는 시인의 질문과 대답인 셈이다.

2

박경조의 시집을 읽으면서 남다른 지점이라고 생각한 것은 잔잔한 파문을 일으키고 있다는 것이다. 파문을 일으키고 있는 데는 쉼표(,)가 있었다. 쉼표는 문법적으로 ','의 이름이며, 명사이자 문장부호의 하나다. 국립국어원의 '우리말샘'에는 쉼표는 같은 자격의 어구를 연결할 때 쓰거나, 짝을 지어 구별할 때, 이웃하는 수를 개략적으로 나타낼 때, 열거의 순서를 나타낼 때, 문장의 연결 관계를 분명히 하고자 할 때, 되풀이되는 말을 피하기 위해 일정 부분을 줄여서 열거할 때, 부르거나 대답하는 말 뒤에, 한 문장 안에서 '곧' 따위의 어구로 다시 설명할 때, 한 문장에 같은 의미의 어구가 반복될 때, 도치된 어구

사이에, 바로 다음 말과 직접적인 관계에 있지 않음을 나타낼 때, 문장 중간에 끼어든 어구의 앞뒤에, 특별한 효과를 위해 끊어 읽는 곳을 나타낼 때, 짧게 더듬는 말을 표시할 때 쓴다고 정리되어 있다.

박경조가 쓴 쉼표의 쓰임은 같으면서도 달랐다. 쉼표 없는 시를 찾아보기 힘들 정도로 쉼표의 사용이 빈번하다. 그만큼 쉼표는 의도적이고 전략적으로 사용하였다는 말이다. 문제는 쉼표가 큰 효과를 발휘하고 있다는 것이다.

분만실에서 받아 안은 아기의 첫, 울음 붉다

환희에 찬 봄

모란 작약 금낭화 장미
순,
차디찬 겨울 끝의 이 붉음은
푸르기 이전의 색, 태초의 몸짓이다

세상에 발 닿기 위해서
첫 울음 트지 못하면
한 계절조차 갖지 못하듯
어둠을 찢고 몸을 푼

저, 붉은 음색(音色)

모든 생명의 찬란한 배경이다

— 「찬란한 배경」 전문

이 시에서 쉼표는 4번이나 등장한다. "분만실에서 받아 안은 아기의 첫, 울음 붉다"에서 "첫"에 붙은 쉼표는 '처음'을 강조하고 동시에 호흡의 멈춤으로 순간의 감격을 극대화하여 "울음"의 의미를 강화한다. 그로 인하여 "환희에 찬 봄"은 "순"을 틔워낸다. "순"에 붙은 쉼표는 여기서도 역시 움트는 순간, 그리고 그 순간의 감동을 이끌고, "순,"은 다음 행의 "붉음"을 불러내고 "푸르기 이전의 색,"으로 명명한다. 또 "색"에 붙은 쉼표는 "태초의 몸짓"을 강조하고 5연에 이르러 "저, 붉은 음색(晉色)"에서 "저"에 붙은 쉼표는 가리키는 지시 대상을 생각하게 한다. 호흡 조절까지 하고 있다. 여기서 '첫,' '순,' '색,' '저,'는 무엇을 강조하기 위한 짧은 발화지만 쉼표는 그 발화에 호흡이 결합 작용을 일으켜 미적 감각까지 장착한다. 그로 인해 태어난 아기의 첫울음이 주는 순간의 감격과 환희는, '붉다'는 색채를 통해 강렬한 이미지를 갖게 된다. 이렇듯 시인의 쉼표는 절제와 호흡의 조절, 그리고 절제를 극대화하는 데 쓰이고 있다. 기표의 한계를 넘기 위한 박경조의 쉼표의 활용 전략은 「춤, 수피」 「그대라면, 무슨 부탁부터 하겠는가」 「그러나, 봄」 「그래,」 「곁,」 「문득, 이라는」 「정취암, 오리나무」 「텅, 텅」 「몸, 길」 등 제목에서, 그리고 여러 시편(「폭설」 「숲의 겨울」 「화관」 「하얀 노루귀」 「말씀」 「묘목」 「비탈진 복숭 밭」 「신발의 행로」 「여백」 「지평선에 닿다」)에서도 확인된다.

문자는 단순한 기호에 지나지 않는다. 기호에 지나지 않는 문자에 구조를 만들고 살을 붙이고 옷을 입히고 혼을 불어넣었을 때 비로소 문자는 생명을 얻고 이름하여 언어가 된다. 언어는 혼과 숨결을 담아냈을 때, 끊임없이 담금질이 되었을 때, 마음과 영혼을 울리며 공명을 일으킨다. 그런 뒤에 내면 깊숙이 잠재하고 있는 기의의 미끄러짐으로 끌려가는 것인데 박경조의 시가 그러했다.

절간 입구에서 산 한 됫박 쌀
쌀알보다 많은 부탁 나한 앞에 쏟아놓고
휙 나오는데

무명 치마 울 어머니 영산전 앞에서 마주쳤네

잔병치레 잦은 막내 딸년 생명줄 이으려던
막막한 심중의 초하룻날 신새벽
갓 찧은 공양미 이고
수십 리 밖 순례길 나서던 하얀 코고무신
한 걸음 한 걸음 쌓아 올린 그 탑 안에
나를 세워주신 당신 기도, 까맣게 잊을 뻔했네

부끄러워 돌아보는 거조암 한 바퀴
'곡선은 이치이고 깨달음'이라던
어머니 비질 자국 마당 가득 곡선인데

그대라면,

오백 나한 앞에 조아리며

무슨 부탁부터 하겠는가?

　　　　　　— 「그대라면, 무슨 부탁부터 하겠는가」 전문

　표제시 「그대라면, 무슨 부탁부터 하겠는가」를 읽기 전에 우선 '그대라면,'에서 일단 숨을 골라야 한다. 그리고 생각해야한다. 아니 자연스럽게 '나라면' 하고 생각하게 된다. '그대라면,'은 독자에게 던지는 질문 같지만 실은 화자 자신에게는 던지는 질문이다. 독자는 화자는 '무슨' 부탁을 했을까 궁금해지고 '무슨' 일이 있었을까 생각하게 된다. 그 순간 호흡을 조절하게 되는 것이고 '무슨 일'과 '무슨 부탁' 그 사이를 넘나들게된다. 그런 뒤에 "쌀알보다 많은 부탁 나한 앞에 쏟아놓"은 나는 "한 걸음 한 걸음 쌓아 올린" 어머니의 기도가 "나를 세워"주었다는 것을, 오백 나한전에 올린 '나'의 기도는 욕심이었다는것을 알게 된다. 초하룻날이면 몸이 약한 딸을 위하여 수십 리길을 걸어가는 수고도 마다하지 않고 올린 어머니의 기도가오직 "막내 딸년 생명줄"이었는데 "쌀알보다 많은" 부탁을 한'나'는 부끄러움으로 어머니를 만나고 있다. 자칫 상투적으로흐를 위험성이 높은 사모곡을 시인은 부끄러움과 쉼표를 활용하여 시를 경제적으로 운용하면서 상투성을 벗고 운율까지 균형을 유지해낸다. 그런 점에서 박경조의 시는 창조적 갱신과엄결함으로 언어를 달구고 두드리며 더 단단하게 단련하는 담

금질을 멈추지 않고 있다는 것을 알 수 있다. 어머니와의 만남
은 자연스럽게 원초적인 것을 향한 그리움이 더 깊어진다.

> 정리를 하다 만 아버지 서랍에서
> 바람이 분다
> 묵은 바람이 내미는 봉투 하나
> 발신인 자리에 삐뚤삐뚤 써둔 뱁차씨,
> 뱁차씨는 누구?
>
> 물어볼 아버지 이제 없다
>
> 뱁차씨를 배추 씨앗으로 해석하는 동안
>
> 갸웃거리며 나의 봄은 수런거리고
> 아직도 불완전한 생을 조율하느라 덜 여문 자식 곁,
> 아버지 지문 밴 씨앗
> 배추밭 이랑 짚고 초록초록 움직이는 추임새
>
> 이렇게도 짙다
>
> — 「뱁차씨」 전문

이번에는 '뱁차씨'를 통해 아버지의 존재를 만난다. 편지봉
투의 발신인이 '뱁차씨'인데 그로 인해 "물어볼 아버지 이제 없
다"는 부재를 인식한 후 도무지 알 수 없었던 "뱁차씨"를 "배
추 씨앗"으로 해석한다. 그리고 "덜 여문 자식 곁"에 "씨앗"으

로 남은 아버지의 사랑을 인식하는 순간, 거기에는 "언 땅 녹이며/세상을 받치러 온 저 손은/바람 든, 무밭 두둑 올려/봄배추 봄무 씨앗 뿌리자고 내미는/엄마의 손"(「엄마의 서쪽」)까지 함께한다. 그사이에 "저 아슬아슬한 미로 속으로도/마구마구 꽃그늘을 넓히고 싶던//그런, 그런 한 구간"(「중년」)을 지난 시인은 "그냥 살아낸 길, 아니라는 것"(「나이테」)을 알아채고 "목젖 우련한 그리운 지점//거기,"에서 "가난한 온도로 저녁밥 안치던/엄마"(「문득, 이라는」)를 만나는 "단발머리 그 여학생"이 된다. 그곳은 시인의 원초적인 고향 '백학'이며 시적 출발이자 돌아가고자 하는 곳이다.

> 1950년대 중반, 대대로 천수답에 젖줄을 댄 아버지의 아버지
> 그 오랜 슬하의 또래들로 태어나 함께 키웠던 추억들
> 6년 내리 같은 반, 백학2동 태옥이 영애 숙이 종철이
> 학수 덕수 필자 경조, 저수지 지나 백학1동 내려가면
> 상덕이 단주 동순이 또… 그래 병극이
> 시오 리 학교 길, 지천으로 꽃물 번지던 분홍 산비탈에서
> 진달래 꽃잎 얼마나 따 먹었는지
> 잉크 색으로 물든 입술 쳐다보며 깔깔대던, 면경 속 같은 그 봄날도
> 뽈근디 고개 햇보리 누렇게 익어가던 초여름날의 하굣길도
> 양은 도시락 딸그락거리며 그 고개 넘을 때
> 보리깜부기 칠하고 보리밭에 숨었다가
> 인디언 추장처럼 나타나던 까까머리 개구쟁이들

동네 여식애들 놀라게 하고도 그렇게 재미있어하던
한때의 그 웃음이 온통 하늘이었고 무지개였던
우리들의 빛나던 성장기가 아니었을까,

　　　　　　　　　　　　　　　— 「이삭─백학동」 부분

　"우사(牛舍) 관리다, 추수다, 핑계로 연락 한 번 못 해서 미안
타/올해도 그런대로 풍년 들었다/느그 식구 뜨신 밥 한번 해
먹으라고 내가 농사지은 쌀/쪼매 보낸다./─고향에서 학수가"
보낸 편지로 인하여 고향은 소환된다. 덕분에 어린 시절로 돌
아가 "6년 내리 같은 반, 백학2동 태옥이 영애 숙이 종철이/학
수 덕수"와 "백학1동 내려가면/상덕이 단주 동순이 또… 그래
병극"이와 "진달래 꽃잎" 따 먹고 "입술 쳐다보며 깔깔"대기도
하고 또 "보리깜부기 칠"하고 "인디언 추장"도 되는 빛나는 시
간 속에서 뛰어논다. "한때의 그 웃음" 속에서 자아의 외로움
과 그리움은 깊고 넓게 현재화되고, 원초적인 공간을 향한 귀
향 의식은 공간과 놀이까지 눈앞에서 펼쳐진다. 무언가 갈증
이 깊을 때, 마음이 소란스럽고 불안할 때면 가장 깊은 곳에서
올라와 갈증을 풀어주고 평안을 주는 곳으로 회귀하고 있는
것이다.

　3

　기호의 활용으로 보여주었던 절제된 언어와 감정은 "설익은
저 공약들처럼 곁가지 무성한"(「묘목」) 현실적인 문제도 외면하

지 않고 비판을 하되 날 선 언어가 아니라 자연에 빗대고 비틀어서 사이를 가로지른다. 인간의 인간다운 삶을 위해 문명의 발달과 활용은 피할 수 없다. 그런데 문제는 진행과 예측 불가능한 기후 변화와 생태 위기의 국면과 마주하고 있는 지금 해결을 위한 노력의 한 편에서 여전히 벌어지고 있는 개발이다. 시인은 이것을 감정을 이입하여 청산을 노래하고 자연을 관조할 수 없는 위기 국면의 현실을 날카롭지 않은 언어로 날카롭게 문제화하고 있다.

음 이탈 조율하듯
물 풍금 치는 낙동강

순환의 고요 속 흐르다가 솟구치다가
때로, 굽이쳐 온
역사의 파랑 속에서도
온갖 생명의 노래로 넘실대던

유장한 어미의 젖줄 단도직입으로 거두었으니

굽이쳐 닿은 뭇 생명, 그대에게 흘러가지 못한
시퍼런 녹조 떼 지어 오는 강가에서
자꾸 목이 아파왔다

— 「강정보」 전문

생태계의 파괴는 기후 위기와 맞물려 있다. "물 풍금" 치며 "온갖 생명의 노래로 넘실대던" "어미의 젖줄 단도직입"으로 막아버린 4대강 사업으로 낙동강은 "흘러가지 못"하고 "녹조"가 되어 우리들의 "목이 아파"오게 하는 재난을 초래하였다. 인간이 저지른 파괴가 "순환의 고요 속 흐르다가 솟구치다가/때로, 굽이쳐" 다시 인간에게 돌아오는 문제를 절제된 감정으로 문제 삼고 있어서 문제의 심각성을 부각시키고 있다. 시인은 생태계의 파괴와 급격한 기후변화 등이 맞물려 "들불처럼 번져오는 코로나 19"(『그러나, 봄』) 바이러스로 전 세계가 헤아릴 수 없는 생명을 잃는 등의 심각한 국면에 놓인 현실 속에서 "다시, 일상의 마당에 씨앗 뿌리고/푸른 묘목 제자리에 다져 심어야 할, 때"(『그러나, 봄』)임을 역설하며 희망을 노래하기도 한다. 그러다가도 "잡초를 꽃으로 호명하는 순간이/비정규가 정규로 호명될 순간이라면/세상 어디에도/급이 다른 목숨은 없"다고 인간의 존엄성에 대한 진지한 물음을 던지며, 노동현장의 젊은이들이 "무게를 든 별 하나 또 사라"(『요즘 봄은 봄이 아니다』)져 가는 현실 앞에서 무너지기도 한다. "그래, 처음부터 다시/언 땅 토닥토닥 꽃대 올려 반성"(『하얀 노루귀』)하고 "괜찮은 그 무엇 하나 없는 공포 속 방향도 추슬러/다시 걷"(『말씀』)자고 다독인다.

그런 가운데 "조금도 근사할 것 없는 내 생애"(『결』)에 깃들어 있는 "저 아슬아슬한 미로 속으로도/마구마구 꽃그늘을 넓히고 싶던"(『중년』) 시간은 "그냥 살아낸 길, 아니"라 "내 생각에 내

말에 흔들린"(「나무들의 안쪽」) 시간이었음을 고백하기도 하면서 누군가를 위한 자리를 마련하려고 애쓴다.

우체국 앞 정류장에 서서
옹성거리는 황혼의 가로수
절정에 머물고 싶었던 미련인가
순환의 때 놓친 미혹인가
여태, 안간힘 다해 빈 젖을 물고 있는
저 깡마른 은행알들의 허공

시시 때때 놓치고도
부질없이 버티던 나인 것 같은데

어쩌랴
젖을 뗀 봄바람은 저 자리 다듬어
연두, 연두,
최초의 발음 눈부시게 받아 앉힐 텐데
나에게도 저처럼
누군가에게 다듬어 내어줄 자리 있긴 한가?

— 「여백」 전문

우체국 앞 정류장에 서 있는 은행나무에서 때가 지났는데도 떨어지지 않고 "여태, 안간힘 다해 빈 젖을 물고 있는" 은행알을 보고 "부질없이 버티던 나"와 동일시하면서 "젖을 뗀 봄바람은 저 자리 다듬어" 다시 연두색 '눈부신' 새싹으로 돌아날 터인데 '나'는 "누군가에게 다듬어 내어줄 자리 있긴 한가?" 자문한다. 자문하고 자답하면서 일군 시의 밭이기에 자연스럽게 지난 삶을 반추하고 회상하며 현재를 진단하는 여백으로 "누군가에게 다듬어 내어줄 자리"를 충분히 만들어내고 있다. 타자에 대한 배려와 걱정으로 세심하게 보살피며 보듬고 있는 그이기에 비가 내리는 날이면 일을 나갈 수 없는 "인력시장 박씨"(「새벽 비 내리는 구간」), "새끼 밴 길고양이"(「궁금한 목록」)와 "새끼를 물고 거처를 옮기는/어미 고양이"(「봄비의 거처」)에게 넉넉한 '곁'을 내주며 "어르고 달래보는 오체투지 나의 시"(「시인의 말」)를 보듬고 "다그친다고 되는 것 없"던 생의 순간들에도 "꽃피고, 손자도 태어"나듯이 그는 "지극하고 지극한" 일을 하고 있다.

4

독자와 시를 더 멀어지게 한 요인은 여러 가지가 있겠다. 그렇지만 한편에서는 매체의 변화와 맞물리는 지점에서 웹시(SNS 상의 시)를 읽고 공감하며 퍼 나르는 일이 벌어지고 있다. 제도 문단에 이름을 올리는 통과의례인 추천이나 신춘문예를 거치지 않고 시인이라는 이름을 갖고 많은 독자를 거느리고 있는 것이다. 이것은 아무리 읽어도 도무지 의미를 알 수 없는 시보다는 어렵지 않게 공감하고 공명을 일으키는 시를 기다리고 있다는 뜻도 내포되어 있다. 때문에 자유롭고 창의적인 현상은 제도 문단과 기성 시인에게는 적잖은 파문인 셈이다. 난해

하게 엮어놓은 언어들의 집합체가 세련미로 둔갑하여 독자로
부터 멀어진 시, 낯선 언어들의 배열과 나열, 형식의 파격이 미
학적으로 뛰어나다는 평가의 한편에서는 그것의 이질감을 다
른 형태로 드러내고 있다고 하겠다.

　이런 때를 즈음하여 박경조의 시편은 추상적인 진술이거나
거대담론이 아니라 섬세하게 포착하여 밀고 나가는 서정, 밀
어 올리는 서정 안에는 존재에 대한 근원적 질문과 생명의 질
서가 밀고 당기면서 직조해내는 그것이 공명을 일으키고 있
다. "홀로 깨어 '나를 단련시'"(「새벽 비 내리는 구간」)킨 결과라고
할 수 있겠다. 단련을 거듭할 때라야 쉽게 읽히고 공감이 공명
으로 나아갈 수 있으니, 선사들이 남긴 시편이 어렵지 않은 것
은 편편마다 고뇌와 성찰을 통과한 뒤 살아나온 언어이기 때
문이리라. 박경조가 단정하고 격조 있게 차려입은 언어로 여
백으로 써낸 시를 읽으면 결코 쉽지 않은 시간을 통과하여 쓴
시라는 것을 알게 될 것이다.

李東順 | 문학평론가, 조선대 교수

푸른사상 시선 160

그대라면, 무슨 부탁부터 하겠는가

박경조 시집